KB122631

동봉 스님 두 번째 시집

시간의 발자국이 저리 깊은데

머리글

탄소 발자국과 더불어
시간의 발자국이
저리 깊은데

차 한잔
나누자 하면
실례되지 않을까

온화和하고
경건敬하며
조촐淸하고
고요寂한 공간에서

산소Oxygen로 병풍을 두르고
추억의 차를 마시고 싶다
활활 타던 화톳불이
무드러기가 되고

건질 사리마저

없어진다고 해도

둥글團欒게 둘러앉아

시간의 발자국을 느끼고 싶다

나의 두 번째 시집을

곱게 만들어 준

도우미와

그리고

독자분들에게

차 한잔 드리고 싶다

차례

제1부 지심귀명례

지심귀명례 10/ 연애하면 외롭지 않아요 14/ 나, 잠자리에 들리라 18/ 어머니, 잘 계시지요? 20/ 미래는 다가오는데 23/ 미워하는 사랑 26/ 희망이란 꽃은 28/ 여행자를 확 바꿔 봐! 30/ 목숨 줄을 바꾸라 35/ 바라승아제 모지사바하 38/ 가자, 도솔천계Tusita System로! 42/ 난 사랑하리라 46/

제2부 라쇼몽Rashomon 효과

라쇼몽Rashomon 효과 52/ 시공간Space Time 만들기 56/ 단비야 내려라 58/ 난, 나를 용서하리라 62/ 〈나〉라고 하는 존재는 66/ 이름에 들어가는 자음의 뜻 71/ 여기 이 시간에 72/ 화성Magic City의 비유 75/ 원성취진언 80/ 사람은 다리가 둘입니다 82/ 어뷰징Abusing의 매력 86/ 당신은 연꽃입니다 90/ 시종일향이여 94/ 요즘의 내 삶이란 게 97/

제3부 아름다운 인연의 모임이여

아름다운 인연의 모임이여 102/ 내려놓은 채로 있으라 – 放下着 105/ 내 클린스킨clean skin은 108/ 당신에게 꽃씨를 뿌립니다 112/ 연꽃 당신 116/ 무분별에서 분별에로 121/ 잠이 오지 않으신다면 124/ 세상은 당신이 있어 127/ 자나 깨나 관세음보살 129/ 달이여, 달님이시여! 132/ 바람아 햇살아 그냥 가거라 143/ 시간이 외로웠습니다 146/ 목소리에 취해 151/ 나와 우주 그리고 신 153/

제4부 하나 하고 절반의 인생

하나 하고 절반의 인생 160/ 다람쥐의 사랑은 162/ 다반향초茶半香初 164/ 곳더위 끝자락에 서서 169/ 내가 없는데 내 것 있으랴 172/ 그래서 난 행복합니다 173/ 이 어둠 버려두고 176/ 어둠이 있어서 참 좋다 178/ 싸락눈小雪이 아니네 180/ 나부터 맑아지기를 182/ 눈발霎이 날리는 날 183/ 시간의 발자국이 저리 깊은데 184/ 나의 오도송悟道頌 186/ 전법게와 전법의 중표 188/

제1부

지심귀명례

지심귀명례

一

지심귀명례

至心歸命禮

부처님 마음 가져다
내 마음에
튼튼한 뼈대를 세우고
내 마음에
예쁜 색깔을 칠하고
내 마음에
멋진 옷을 입히는 일
그 마음으로 귀의합니다

二

지언귀명례

至言歸命禮

부처님 말씀 가져다
내 말과 글에
부드러움을 더하고
내 말과 글에
슬기로움을 더하고
내 말과 글에
복덕과 원력을 더하는 일
그 말과 글로 귀의합니다

三

지행귀명례

至行歸命禮

부처님 삶을 가져다
내 행동에
겸손을 깃들이고
내 행동에
절제를 길들이고
내 행동에
보살행을 깃들이는 일
그 몸으로 귀의합니다

내 마음과

내 말과 글과

내 행동거지를

하나하나

제대로 바꾸어가길

새벽예불에서 서원합니다

연애하면 외롭지 않아요

연애하면 외롭지 않아요
결코 연애는
혼자 하는 게 아니지요
연애戀愛라는 두 글자에
앵두 빛깔 사연과
쪽 빛깔 사연이
열린 마음으로 만나
웃고 이야기하고
따스하게 다가가라
그리 가르치고 있답니다

연애하면 외롭지 않아요
연애戀愛라는 두 글자에
손과 손이 맞잡고
마음과 마음이 하나 되어
서서히 아주 서서히
시간과 공간을 주고받고
개체와 전체를 받고 주며
생명과 생명이 만나
나누고 또 나누라는 것이지요

사연 없는 연애는 하지 말아요
표현 없는 연애는 하지 말아요
마음 없는 연애는 하지 말아요
나눔 없는 연애는 하지 말아요
여유 없는 연애는 하지 말아요
이해 없는 연애도 하지 말아요

연애하면 외롭지 않아요
연애戀愛라는 두 글자에
우리들이 살아가는
각박하지만
아름다운 세상은
나 한 사람의 소유가 아님을
가장 먼저 가르치고 있답니다

오늘 내일은 위캔드
멋진 주말로 만들어 보아요
부처님 만나서 연애도 하고
벗과 이웃을 만나 얘기도 하고
봄을 알리는 새싹과 만나고
예쁜 꽃들과 사랑을 속삭여요

작은 곤충과
하늘을 자유롭게 나는
앙증맞은 새들에게서
연애하는 기술을
한 번 배워보는 건 어떨까요?

연애는
존재 개념이 아니라
더불어 움직이는 것이기에
꾸미는 것이며 하는 것입니다
그러기에 연애는
이름씨가 아니라
그림씨며 움직씨입니다

나, 잠자리에 들리라

나 이제
잠자리에 들리라

사랑의
사랑도 덮고
잠자리에 들리라
미움의
미움도 덮고
잠자리에 들리라

사랑의 미움도
미움의 사랑도
이제 모두 덮으리라
나의 너
너의 나
다 덮고 잠자리에 들리라

아!

나의 님도

나와 같이 덮고 잠자리에 들까

님의 나도

님과 같이 덮고 잠자리에 들까

아, 님이여!

당신은

관음인가요

지장인가요

석가인가요

당신은 과연 누구인가요?

나, 이제

잠자리에 들리라

어머니, 잘 계시지요?

어머니!
고우신 당신께서는
저의 첫 여인이십니다
간제에서나 이제나 올제에서나
당신께서는
저와 함께 일어나
저와 함께 잠자리에 드신
저의 여인이십니다

꼭 92년 전 어제
탯줄이 끊기신 그때부터
어머니 당신께서는
이미 이토록 잘생긴 저를
당신의 아들로 점찍으셨습니다.

40여 년 전 이맘때
제가 출가의 길로 들어서던 날
어머니께서는 말씀하셨지요

"이제부터는 내 아들이 아니라
 부처님의 아들이다
 누군가의 아들이 되는 데는
 아들로서의 책임이 따른다."

그리고 당신께서는
하마 십 년 전에
제게 작별을 고하셨습니다.

어머니!
지금 어디 계신지요?
당신의 탯줄이 잘린 날
시간이 없다는 핑계로
차 한 사발 올리지 못했습니다

제게 있어서
첫째 여인이셨고
늘 제 여인이신 어머니
수행이 따라 주지 못하는
당신의 아들을 용서하소서

지금 어디 계시옵니까?
곡차 한 잔으로
어머니와 함께한 어젯밤
상기도 잠자리에 들지 못합니다

어머니!
계시는 곳이 어디든
당신의 잘생긴 셋째 아들
부처님 아들로서도
올곧게 걸어가길 기도하심을
저는 알고 있습니다

어머니!
잘 계시는 거지요?

미래는 다가오는데

앞으로

2주 있으면

부처님 오신 날인데

초파일은

점점

가까이 다가오는데

초파일이

다가온다고?

우리가

초파일 쪽으로

한 발짝씩 나아가는 게 아니고?

어째서

미래는 다가온다고

그렇게 생각할까?

우리가 그 미래로

다가가고 있는 건 아닐까?

시간은

왜 과거에서

미래로 흐른다고만 생각할까?

미래의 시간이

현재를 거쳐

과거로 흘러가고 있지 않는가

시간의 화살이

시위를 떠나

미래라는 과녁을 향해 가는가

그 과녁이

시위를 떠난 화살을 향해

같은 속도로

달려오는 건 아닐까?

죽음은

생명의 끝에 자리하는가

우리는 늙는가

우리는 병들어 신음하는가

죽음이란 녀석이

질병과

늙음을 데리고

내게로 다가오고 있다

시간의 방향성

내가

죽음에로

나아가는 게 아니라고

미워하는 사랑

부처님 말씀
사랑하는 사람을 만들지 말고
미워하는 사람도 만들지 마라
사랑하는 이는 못 만나 괴롭고
미워하는 이는 만나서 괴롭다

#1
사랑하는 사람과 어울려 살고
미워하는 사람도 더불어 살라
사랑하는 사람은 만날 때 좋고
미워하는 사람은 떠날 때 좋다

#2
사랑하는 사람도 내게 달렸고
미워하는 사람도 내게 달렸다
나를 떠나 사랑하는 이 없고
나를 떠나 미워하는 이 없다

#3

사랑하는 사람도 나를 떠났고

미워하는 사람도 나를 떠났다

사랑하는 사람도 공의 벗이고

미워하는 사람도 공의 벗이다

#4

사랑하는 사람이 있는가

그는 행복한 사람이다

미워하는 사람이 있는가

그도 행복한 사람이다

미워하는 사람이 있기에

마음에서 용서를 넓히고

사랑하는 사람이 있기에

마음에서 절제를 키운다

희망이란 꽃은

남을
평가절하하는 사람은
반드시 남으로부터
평가절하를 받는다

자신을
비판할 줄 아는 자는
반드시 남으로부터
공정성을 인정받는다

오물을
집어 들어 던지는 자는
누구보다 먼저
그 손을 더럽혀야 한다

칭찬하라

남의 단점을 찾아

비방하기 앞서

그의 장점을 찾아 칭찬하라

깨달음은

화두라고 하는

단단한 번뇌를 씹어야 하듯

희망이란 꽃은

절망이라 하는

텁텁한 거름을 먹고 자란다

여행자를 확 바꿔 봐!

(1)

우리는 아득한 과거에서

살아 숨 쉬는 현재에로 왔고

다시 미래로 미래로 달린다

시간은 미래에서

현재에로 다가왔고

어느새 과거로 흘러가버린다

하마 만60년 하고도

또 넉 달이 지나갔건만

간제에서나 이제에서나

또는 올제에서나

변치 않는 게 있다면

바로 시간 여행자다

(2)

높은 산 깊은 골짜기

울창한 숲 두메에서 태어나

자라면서 구석구석을 누볐고

친한 친구들의 집과

다니던 학교와 그 주변과

발길 닿는 곳은

모두가 다 내 여행지였다

산과 들과 시내와 섬과

해외여행을 하면서까지도

한 번 간 곳은 다시 가지 않을 듯

공간여행을 좋아했지만

바뀌지 않는 동일성이 있다면

그는 바로 나라는 존재다

(3)

삶이란 무엇일까?

복잡다단한 삶의 여행에서

경험은 곧 사건의 다른 이름

역사는 시간과 공간이라는

씨줄과 날줄의 짜여짐 속에서

크고 작고 아름답고 추하고

행복하고 기쁘고 멋진 일과

절망하고 미워함의 겪음들

그러나 그러한 사건여행에서

역시 변치 않는 동일성은

그래, 그건 바로 나인 것이다

(4)

시간의 여행에서도

공간의 여행에서도

사건의 여행에서도

순간순간 시간이 바뀌고

여기저기 공간이 바뀌고

이런저런 사건이 바뀌었지만

한 번도 바뀜이 없는 동일성

그토록 한결같이 유지해 온

동일한 존재의 여행자를

한 번 바꿔 보고 싶지 않는가?

(5)

우리 이제

몸을 바꾸고

언어를 바꾸고

생각의 틀을 바꿔

그런 여행을 떠날까

지어온 업장을 바꾸고

깨달음의 세계를 향하여

주변이 아닌 나를 바꿔 볼까

어디 한 번 변신해보지 않으련?

목숨 줄을 바꾸라

마부작침磨斧作針

‘도끼를 갈아 바늘을 만들다’

자신의 몸을

갈고 갈고 또 갈고

자신의 언어를

다듬고 다듬고 또 다듬고

자신의 생각을

닦고 닦고

또 닦은 뒤에

나, 내 힘으로 일어서리라

남을

비판하기에 앞서

나는 과연 완전한가

남의 잘못을

낱낱이 까발리듯이

나 자신을

내 허물을 까발릴 수 있을까

나 그때 당당하게 일어서리라

잘못된 제도

잘못된 어른

잘못된 정치

잘못된 행동

잘못된 언론

잘못된 치기

이런 것들을

목숨 줄을 바꾸는

혁명으로 하여

나 꿋꿋이 일어서리라

나 지금부터

도끼를 갈리라

이 도끼가 갈리고 갈려

가느다란 바늘이 될 때까지

나 이제부터

목숨 줄 바꾸고자

도끼를 갈리라

하여 마침내

가느다란 바늘이 될 때까지

바라승아제 모지사바하

가자 가자

어여 가자

지금까지 온 길이 가깝지 않으나

앞으로 갈 길 또한 아득하거니

날이 밝기 전에

우리 모두

다 함께

재게재게 가자꾸나

우리 삶 속에

함께 자리한 숱한 번민들

자락의 끝 거머쥐고

가자 어여 가자

나의 번민

너의 번민

이 세상 온갖 번민들

하나도 남겨두지 말고

다 거머쥐고 가자

서리서리

또아리 틀고 앉아 이어진 내 번민

그러잖아도 복잡한 세상에

내가 낳아 길러 온 번민들까지

어지럽게 늘어놓고 갈 텐가

가자 가자

어여 가자

하루 해가 시작되기 전

어둠을 살라 먹고

붉게 타오르는

여명의 저 붉은 태양에게

간밤에 꾼 나의 전도몽상을

낱낱이 보이려는가

가자 가자

어여 가자

꽃으로 꾸며진 화엄세계

우리 모두 다 함께

손에 손잡고

가자 어여 가자

팔만사천 가지
번뇌와 집착
여기 사바세계에 털어버리려 말고
그대로 다 거머쥔 채

가자 가자
어여 가자
다 함께 가자
깨달음의 세계로 어여 가자

가자, 도솔천계Tusita System로

도솔천Tusita이 어디에 있지?
욕계의 여섯 하늘 중
네 번째에 해당하는 하늘인데
수미산Sumeru Mountain정상에서
12만 유순Yojana 거리에 있다

1유순이 약 20km라고 한다면
수미산 정상 도리천에서
자그마치 240만km 정도를
꼭 올라가는 게 아니라
지구 밖으로 더 나아가야 한다
경전에 의하면 도솔천의 하루가
지구 시간으로 4천 년이다

하루나 일 년은 법칙에 따른다
수성이나 금성은 물론
화성이나 목성도 그렇고
지구면 지구
토성이면 토성
해왕성이면 해왕성 따위가
한 번 자전하는 기간이 하루고
이들 천구들이 태양을 중심으로
한 바퀴 공전함이 그 행성년이다

그러니
도솔천이 한 번 자전하는 데
지구 시간으로 4천 년이고
도솔천이란 천체가
태양을 한 바퀴 도는 시간이
지구 시간으로 환산하여
5억8천4백만 년이 걸린다는 거다

지구의 자전은 24시간이고
지구의 공전은 365일이다
해왕성은 공전이 6만 일이고
태양계가 은하계를 중심으로
한 번 공전하는 데는
자그마치 2억2천6백만 년이다
이를 은하년이라 한다

따라서 도솔천의 일 년이
태양계의 은하년보다 길다면
도솔천은 지구나 달처럼
하나의 그냥 천구가 아니라
행성 위성 혜성들을 모두 거느린
도솔천계Tusita System다
결코 하나의 행성이 아니다

그래서 나는 말한다

"도솔천은 도솔천계다"라고

도솔천계 중심에 항성Star이 있다

그 항성에는 미륵보살이 없다

항성은 태양처럼

불타는 가스덩어리로서

생명이 전혀 살 수 없기 때문이다

분명 미륵보살은

도솔천계 중 우리 지구처럼

골디락스존Goldilocks zone

어느 행성Planet에 계실 것이다

오! 제 2의 지구여!

도솔천계에 있을 그 행성에 가자!

각자의 분수를 알고

욕심이라고는 없는 세계

그래서 지족천이라 불리는

그 세계에 계시는

미래의 부처 미륵보살을 뵈러

가자! 우리 다 함께 도솔천계로!

난 사랑하리라

난 사랑하리라

흰죽 사발에 포도알을

떨구어 놓은 듯한 눈동자도

송편을 만들다 말고

손가락 두 개 쿡 찔러놓은 듯

벌름거리는 콧구멍과

완행으로 내려오다가

급행으로 되빨려 오르는

멀겋고 끈끈 걸쭉한 콧물까지도

난 사랑하리라

핏기 없는 허연 입술

마른 낙엽을 붙여 놓았는가

바스락대며 부서질 것 같은 귓불

생기다 만 윗눈썹과

0.5그램짜리 싸구려 속눈썹

마른 논바닥처럼

쩍쩍 갈라지고

거칠어진 손도

나는 다 사랑하리라

난 사랑하리라

냄새가 향기로운 봉두난발에서

가슴을 지나 배꼽을 건너뛰어

아랫도리를 훑고 내려가다가

평생 백 근 나가는 몸뚱이를

떠받치고 다니던 천덕꾸러기 발도

나는 나는 사랑하리라

그는 본디 내 몸이었거니

간제(전생)에서도

이제(금생)에서도

올제(내생)에서도

그는 나와 같은 산소를

나누어 마시는 사이가 아니더냐

그는 나와 같은 부처님을

받들어 모시는 사이가 아니더냐

그는 나와 같은 생각을

공유하는 밴드의 벗이 아니더냐

난 난 사랑하리라

제2부

라쇼몽Rashomon 효과

라쇼몽Rashomon 효과

아, 잘 잤다!
시간이여, 공간이여!
네가 함께하여 한없이 고맙다!

새벽 3시 35분
오매, 일어들 나셨네!
페북에 들어와 보니
상기도 자는 이들이 있는데
하마들 깨어있기도 하시구먼!

오전 8시 25분
주말의 아침이니
다들 늦잠을 주무실 터
날씨가 상큼한 만큼
관절 허리 앓는 분들은
기분이 날아가시겠지?

바다 사건이
아직 마무리도 안 되었는데
이번에는 땅속 지하철
사람 사는 세상은
늘 이렇게 안 좋은 일들이
함께 터지고 또 터지는가

점심공양 후 12시 40분
일수사견一水四見이라
똑같은 물이라 할지라도
보는 자에 따라 달라지나니
사람은 물로 보고
물고기는 집으로 보고
아귀들은 불로 보고
천신들은 유리로 본다지 아마?

인생이란 고해일까
즐거움의 세계일까
희망과 행복의 넘침일까
절망과 불행의 연속일까
그래 인생이란 도대체 뭐냐?

하마 저녁 6시 20분
따스한 햇살을 받아가며
이산화탄소와 물을 이용해
산소와 포도당을 열심히 만들던
짙은 연두빛깔 잎사귀들도
광합성작용을 쉬고
휴식에 들어가는 모양이다

나도 이젠 쉬어야지
오랫동안 들떠 있던 감정들
차분히 내려놓아야지
저 말 없는 자연도 때로는
운동의 역할을 바꾸지 않던가
우리 모두의 아이들아!
너희들 자리에서 편히 쉬려무나!

저녁 7시 25분
이제 마무리 짓자
얘들아!
우리 아이들아!
그저 편히들 쉬려무나
이 못난 어른들이
너희들 아픔과 슬픔의 역사를
〈라쇼몽효과〉로 바라볼지라도

시공간Space Time 만들기

시간이 보리심일 때
공간은 극락이 된다
염념보리심念念菩提心
처처안락국處處安樂國

시간이란 날줄이
티없이 곱고 맑으니
공간이란 씨줄은
덩달아 "얼쑤!" 한다

우선 우리의 삶에서
시대의 흐림을
올바르게 바꾸어가고
생각의 흐림을
청렴하게 만들어가고
번뇌의 흐림을
용서로서 닦아나가고

뭇 삶의 흐림을

사랑으로 채워나가고

생명의 흐림을

지혜로서 맑혀 나가자

시간의 날줄이 맑으면

공간의 씨줄이 고우리

그 설계와 시공은

당연히 우리의 몫이다

단비야 내려라

비야 내려라

단비야 내려라

구죽죽 구죽죽하며

잔인한 사월을 간신히 지내고

아직도 남은 아픔으로 괴로워하는

너와 나와 우리들의 가슴속을

좀 시원하게 적시며

단비야 내려라

비야 내려라

새벽의 단잠을 깨우는 빗줄기야

이 어둠 저 구석진 곳 어디

그리 깊숙이 숨어 있다

쏟아지는 것이냐

단비야 내려라

비야 내려라

구시럭 구시럭

그래 아무려면 어떠냐

깨작대지 말고 많이 내려라

대지는 하늘 향해 두 팔을 뻗는다

비야 고맙다

단비야 고맙구나

기왕지사 내릴 바에는

구죽죽 구죽죽하며 퍼부어라

이 세상 에미 애비들 타는 가슴을

깨작거리지 말고 단박에 꺼라

굵직한 빗줄기로 내려

갈증난 대지 위에

네 몸을 얹으라

아으, 단비야!

새벽의 욕정을 마음껏 채워다오

갈증에 목말라하는 대지를

질펵한 너의 몸으로

오월을 적셔라

오, 단비야

비야!

난, 나를 용서하리라

새벽의 어둠을
갉작거리며
공간 생쥐가
내 방 주위를 샅샅이 살핀다

나는 참 많은 죄업을 지었는데
간 세상에서 짓고
이 세상에서 지으며
그리고 올 세상에서 지을
숱한 죄업들이 산더미인데
난 나의 모든 죄를 용서하리라

사랑하기에 지은 죄

미워하기에 지은 죄

때론 좋고 때론 미워하면서

좋다가 어느 순간 싫어지고

싫다가 느닷없이 좋아지고

그러면서 지은 죄를 용서하리라

말로 행동으로 지은 죄

마음으로 지은 죄를 용서하리라

내가 내 죄를 용서하면서

어찌 남의 잘못을 품지 못하며

남의 좋은 점을 품지 못하겠는가

난 사랑하는 사람을 사랑하리라

난 미운 사람도 사랑하리라

잘난 사람도 못난 사람도

가진 사람도 없는 사람도

난 모두모두 다 사랑하리라

죄야 내 죄야

나의 이 게으르고

나의 이 모자라고 못난 죄야

내 앞에서 숨지 말고

결코 달아나려고도 하지 말라

내 너를 꾸짖기보다

관음의 섬섬옥수를 빌어

너를 쓰다듬고 용서하리니

사랑아

내 기다림의 사랑아

내 이 깊은 가슴속에서

밀어 올린 사금파리 같은 사랑아

붉은 심장 요동치는 맥박에서

건져 올려진 블루빛깔 사랑아

나는 용서하리라

나는 사랑하리라

싱그러운 오월의

아침을 칼칼이 헤치며

시간 햇살이

내 창문을 사정없이 두드린다

〈나〉라고 하는 존재는

〈나我〉는 어떤 존재일까요?
상형문자 한문의 표현대로
손에 창을 거머쥐고
천적으로부터 자신을 지키려는
본능의 자아는 아닐까요?

생명을 가진 존재는
그가 어떤 생명이든지 간에
방어 본능의 공간을 갖고 있는데
이를 도주거리Flight Distance
혹은 싸움거리Fight Distance
또는 임계거리Critical Distance라고도 합니다

곤충이나 벌새 도마뱀처럼
아주 작은 동물에서부터
사자나 코끼리처럼
매우 큰 동물에 이르기까지
생명에 위협을 느끼거나 하면
죽을 힘을 다해 달아나곤 하지요

사람의 도주거리는
자신의 두 팔을 뻗은 거리지요
사랑하는 사람이 아니라면
그 안에 들어오면 즉각 반응하여
물러서거나 방어하려 들지요
따라서 〈나〉라는 존재에는
자기방어 본능이 있습니다

그런데 과연
〈나〉는 다만 그런 존재일까요?
이 골디락스 존인 지구 위에서
몸의 굵고 가늠과 크고 작음과
어리고 젊고 늙고 아픔과
아름답고 추함에 관계없이
주어진 기압에 잘 짜맞추어진
그런 신체구조를 뜻하는 걸까요

산승처럼 날씨가 찌부둥하여
기압이 낮게 깔리기라도 한다면
온갖 뼈마디가 쑤셔대는 몸
1제곱미터에 1톤의 무게로
짓누르는 1기압의 압력에
신체 내부에서 그에 맞서는
엄청난 팽창력을 갖고 있는 몸

그래서 기압이 없는 우주로

우주복을 입지 않고 나아갔을 때

마치 믹서기에서 분쇄물이

사방으로 흩어져가듯

산산조각이 나고야 말

그런 몸뚱어리가 〈나〉일까요?

산소가 조금만 부족하더라도

호흡의 곤란을 느끼고

양파껍질에서 나는 향취에도

묽은 닭똥 같은 눈물을 흘리는

그런 부실한 몸뚱어리로

웃고 울고 기뻐하고 절망하고

목마르고 배고파하고

추위와 더위를 못 견뎌 하며

행복을 느낄 줄 아는 존재일까요

아, 〈나〉는

이른바 몸일까요

아니면 마음일까요

몸과 마음의 결합일까요

몸과 마음을 떠난 그 무엇일까요?

이름에 들어가는 자음의 뜻

기역(ㄱ)짜는 정체성을
니은(ㄴ)짜와
디귿(ㄷ)짜는 조화를
리을(ㄹ)짜는 흐름을
미음(ㅁ)짜와
비읍(ㅂ)짜는 안정을
시옷(ㅅ)짜는 평화를
이응(ㅇ)짜는 자유를
지읒(ㅈ)짜와
치읓(ㅊ)짜는 판단을
키읔(ㅋ)짜는 포용을
티읕(ㅌ)짜는 사랑을
피읖(ㅍ)짜는 부유를
히읗(ㅎ)짜는 명예를 뜻한다

이름에서도
특히 마지막 자의
받침 의미가 크다

여기 이 시간에

이 몸
여기 이 시간
숨 쉬며 살고 있음에
나를 감싼
시간과 공간이여
더없이 감사합니다

이 몸
여기 이 시간
참회할 수 있음에
지나온 삶이여
다가올 미래여
한없이 감사합니다

이 몸

여기 이 시간

사랑할 수 있기에

가족이여

뭇 인연이여

진실로 감사합니다

이 몸

여기 이 시간

효도할 수 있기에

선조들이여

어르신들이여

손 모아 감사합니다

이 몸

여기 이 시간

마음 닦을 수 있음에

벗이여

스승이시여

부처님이시여

영원토록 감사합니다

이 몸

여기 이 시간

감사한 마음을

낼 수 있게 하는 모든 조건들

나와 환경과

인류의 거친 역사와

이 모든 사회관계망SNS에

마냥 감사합니다

화성Magic City의 비유

나는 거의
매일이다시피
생각에 잠겨 중얼거리죠
"우리 사는 세상은 실재일까?
본디 실체는 없는데
있다고 생각하므로 있는 걸까?"

저 《묘법연화경》에는
일곱 가지 비유가 나옵니다
그중에 특히
화성Magic City은
품Chapter 이름이기도 하지요
어쩜 우리는 부처님께서
이 《묘법연화경》에서 설하신
실체 없는 변화의 도시에서
살아가고 있는지도 모릅니다

과거 헤아릴 수 없는
불가사의 아승지겁 전에
대통지승여래께서 계셨습니다
이 부처님은 출가하시기 전
열여섯 명의 아들을 두었는데
아버지의 출가와 함께
그들도 모두 따라 출가하였지요

대통지승여래께서 설하신 경이
흰 연꽃의 《묘법연화경》인데
열여섯 왕자 중 막내셨던
서가모니 부처님께서 설한 경도
다름 아닌 《묘법연화경》이니
우리 모두는 시간을 뛰어넘어
묘법연화 속에서 사는 거겠지요

동쪽 아축불 수미정불

동남 사자음불 사자상불

남쪽 허공주불 상멸불

서남 제상불 범상불

서쪽 아미타불 도일체세간고뇌불

서북 다마라발전단향불 수미상불

북쪽 운자재불 운자재왕불

동북 괴일체세간포외불 서가문불

이처럼 서가모니 부처님은

대통지승여래의 열여섯 왕자 중

동북방에서 성불한 막내이신데~

깨달음의 세계에 이르름이

그다지 쉬운 게 아닌가 봅니다

하여 환상의 세계를 두셨겠지요

땀 흘려 애쓴 이들에게
아늑한 가정이 기다려지듯
삶에 지친 이들에게
부처님 가르침은 활력소입니다

마찬가지로 우리 사는 세계가
비록 환상의 도시라 하더라도
이 환상의 도시를 거치지 않고
완벽한 깨달음에로 나아감은
아하, 글쎄요?
과연 가능하다고 할 수 있을까요

오늘도 우리는

신기루 같은 이 지구촌에서

마술 같은 이 도시에서

전혀 마술인 줄 눈치채지 못한

평범한 우리네 이웃들과 함께

눈에 보이고

귀에 들리고

코에 맡아지고

혀에 맛보여지고

피부에 와 닿고

의식 속에 슬며시 다가와

삶을 마구 주무르고 있는데

그들에 속아 사는 건 아닐까요?

원성취진언

원성취진언
'옴 아모카 살바다라 사다야 시베훔'

소원을 이루고 싶으면
목적하는 바를 마음에 담은 채
위 진언을 외웁니다

"원성취진언"은 제목이라
처음 한 번만 읽고
진언의 본문인
'옴 아모카 살바다라 사다야 시베훔'
은 일념으로 많이 할수록 좋지요

향 한 자루 사르고

정좌한 뒤

의자에 앉아도 무방한데

오로지

마음 모아

이 진언을 외우십시오

소원을 이루실 것입니다

'옴 아모카 살바다라 사다야 시베훔'

사람은 다리가 둘입니다

새들은

다리가 둘이지만

날개가 있어

걷고 달리고 날기까지 하지요

하지만 사람은

다리가 둘밖에 없습니다

게다가 날개마저 없습니다

많은 포유동물은

다리가 넷이나 됩니다

그들은 그러나

뿔을 가졌고

큰 귀를 가졌고

꼬리마저 가졌습니다

곤충들은

한술 더 뜹니다

다리가 여섯 개에

날개까지 갖고 있네요

참으로 다들 좋겠습니다

그러나 사람은

오직 두 개 다리입니다

그런데 요즘

그 두 개 다리가

균형을 이루지 못합니다

오른발 혼자서

세상을 다 걷겠다고 합니다

그게 가당키나 한가요?

때로는 그 오른발의 독주에

왼발이 제동을 걸고 나섭니다

아예 오른발을 찍어 없애겠답니다

여섯 개 다리도 아니고

네 개 다리도 아니고

두 개 다리에

그나마 날개가 있는 것도 아닌데

달랑 두 개 다리뿐인데

남은 하나로 어떻게 다닐 건지요

오른쪽 다리의

고집이 꺾였으면 싶습니다

왼쪽 다리와 균형을 이루어

함께 걸어갔으면 싶습니다

오른쪽 다리를

찍어내지 않았으면 싶습니다

함께 보조를 맞췄으면 합니다

부처님이 그러시더군요

"가정은 홀로가 아니라

그 홀로인 둘이 만나

서로 이해하고

서로 사랑하고

서로 화합할 때

비로소 이루어지는 것"이라고요.

어뷰징Abusing의 매력

쏘셜네트웍서비스SNS는
참으로 좋은 점이 많아요

첫째, 기다림을 요하지 않습니다
끓는 물만 부으면 되는
즉석요리Fast-food처럼
뜸을 들일 필요가 없는 것입니다

둘째, 공간의 동거성입니다
전세계 어디서나
마음만 있고 단말기만 있다면
원하는 정보를 받을 수 있고
또한 마음껏 보낼 수도 있습니다
물론, 북한 같은 곳이 있긴 하나
공간의 제약이 전혀 없으니까요

셋째, 시간의 동시성입니다
가령 아프리카 오지의 사건이
반드시 신문News Paper이나
또는 방송 매체를 거치지 않고도
바로 찍고 바로 편집해서
그대로 전송이 가능하니까요
그 밖에도 장점은 매우 많습니다

동시에 단점도 참 많은데요
직접 내 두 눈으로 똑똑히 보고
내 두 귀로 분명히 듣고
직접 경험하지 않은 사건들이
거름 장치라는 것을 거치지 않고
고스란히 전해지고
거기서 어뷰징Abusing 현상이
날개 돋친 듯 마구 퍼져나갑니다

우리 부처님께서는
“저 석가가 나를 겁탈하였다”는
바라문 여인의 모함을 받으셨고
이를 안 범천이 생쥐로 나타나
배에 처맨 바가지 끈을 쏠았으며

또 어느 선사께서는
문간 앞에 쪽지와 함께 두고 간
업둥이를 자신의 아들로 키우며
추측과 오해를 불러왔지만
전혀 개의치 않으셨지요
언젠가 진실은 밝혀질 거니까요

그래도 부처님과
어느 선사에 얽힌 이야기는
SNS가 없을 때이니
어쩌면 그것도 다행일 겁니다

너 나 할 것 없이 사람들은
악플이나 추문 따위에는
귀가 빠르고 입이 빠릅니다
미담 속도는 산술급수를 따르고
악플 속도는 기하급수를 따르지요
오늘 우리가 걱정하는 것은
어뷰징 매력의 방향성입니다

어째서 요즘은
산술급수arithmetric series가
기하급수geometric series보다
더 매력적으로 느껴지는지
글쎄요? 산승도 잘 모르겠습니다

당신은 연꽃입니다

당신은
한 송이 연꽃입니다
꽃을 피우는 때와
열매를 맺는 때가 동일한
화실동시華實同時의 꽃 연꽃입니다

당신은
한 송이 연꽃입니다
흐린 물에서 피어나지만
흐린 물에 물들지 않는
처염상정處染常淨의 꽃 연꽃입니다

당신은

한 송이 연꽃입니다

파란 연꽃

빨간 연꽃

노란 연꽃

하얀 연꽃

사색연화四色蓮華의 꽃 연꽃입니다

당신은

한 송이 연꽃입니다

꽃과 열매

뿌리와 잎사귀

어느 하나도 버릴 것 없는

불사일진不捨一塵의 꽃 연꽃입니다

당신은

한 송이 연꽃입니다

삼천 년의 시간을 뛰어넘어

싹을 틔우고

뿌리를 내리고

잎사귀를 피워내며

꽃과 열매를 빚어내는

영구생명永久生命의 꽃 연꽃입니다

당신은

한 송이 연꽃입니다

스스로 피워내는 향기가

삼천세계에 고루 퍼져가더라도

첫 향기와 마지막 향기가

언제 어디서나

늘 한결같은

시종일향始終一香의 꽃 연꽃입니다

오

그래

당신은

꽃입니다

연꽃입니다

시드는 일 없는

고운 연꽃입니다

부처님의 사랑으로

관세음보살의 자비로

내 마음을 포근히 감싸는

당신은 우아한 연꽃입니다

시종일향이여

꼬박 열세 해 동안
간간히 홀로 있고 싶어 할 때 말곤
난 그를 놓아주지 않았다
그에게 자유를 주지 않았다
그런데 오늘 그를 떠나보냈다
나보다 더 그를 사랑할 여인이기에

요즘 들어서야 비로소
난 그에게
어울릴 이름 하나를 지었다
그래 '시종일향'이다.
처음이나 지금이나 나중에도
그는 그가 지닌 향기를
결코 잃지 않을 거라 믿고 있기에

이제

그는 그녀의

사랑을 듬뿍 받으리라

관세음보살과 함께하면서도

지장보살을 사랑하였지

지장보살과 사랑하면서

아미타부처님과 어울렸고

아미타부처님과 어울리면서

관세음보살을 사랑하였지

뭐, 지조가 없다고?

아무러면 어때!

그게 바로 그의 본모습인 걸

잘가라.

가서 내가 주지 못하는 더 큰 것

마음껏 나누어 주려무나

내가 받지 못한 사랑을

대신 듬뿍 받으려무나

아홉 명의 도반을 거느린 친구야

내 분신인 시종일향아!

시종일향

내가 내 단주에게 붙인 이름인데

그 흔한 기념사진 한 장 없고

짐짓 흔적조차도 남기지 않았다.

요즘의 내 삶이란 게

어쩌면 내 하루의 절반은
화장실Bathroom에서 지낸다
섭취한 것만큼
반드시 내놓아야 하는데
천성이
욕심이 많아설까

장腸도
날 닮아
좀체 내주려 하질 않는다
일주일째 변비로 고생하면서
비움의 소중함을 배운다

그리고
나머지 절반 중에서
절반은 게으름이고
또 그의 절반은 졸음이며
나머지가 마냥 그리움이다

내 태어나기 전

열 달 동안 머물던 움집

그 움집이 그립다

그래서 사람들은

움집 대신 살 집을

찾고 찾고 찾아서 헤매나 보다

또 망상이다

태어나서 60년 남짓 살아온

내 생각의 움집

언젠가는 버릴 날이 있을 터

장 속 묵혀두었던 변을 버리려는

변비 환자의 애씀처럼

그러나 장에서 죽기 살기로 버티는

단단하게 뭉친 변비처럼

서로 실갱이하지 않고

웃으면서 보내고

홀가분히 떠나는 시간이었으면

내 요즘의 변비 망상이고
내 요즘의 변비 수행이다

어서 장을 비우고
카트니스트 배종훈 선생의
커피 따르는 부처님처럼
날씬해졌으면

제3부

아름다운 인연의 모임이여

아름다운 인연의 모임이여

하나의 씨앗이
도움의 연을 만나
점차 어떠한 형체를 이루니
이것이 세상에 태어남입니다

그렇게 태어난 존재가
부대끼면서 살다가
점차 그 형체가 소멸해가니
이것이 세상을 떠나감입니다

생명이 있는 존재는
세상에 모습을 드러낸 날을
우리는 이를 생일이라 하고
세상에서 모습을 감추면
이를 죽음이요 제삿날이라 합니다

생명이 없는 존재는
세상에 모습을 드러내면
이를 일컬어 생겼다고 하고
고정된 형태가 변형되고 사라지면
이를 일컬어 없어졌다고 합니다

인연으로 이 세상에
처음 모습을 드러낸 날을
우린 생일이라 하지만
정작 그 생일의 주체인 생명이
생명 활동을 시작한 건 언제일까요

인연으로 이 세상에서
마지막으로 숨이 멈춘 날을
우리는 죽음이라 하지만
정작 죽음이라는 실상은
호흡의 활동이 시작된 데서부터
서서히 이루어진 게 아니었을까요

이 세상에서 모습을 감춘 날도
따지고 보면 슬퍼할 게 아니라
엄숙하고 장엄스레 축하할 일인데
하물며 모습을 처음 드러낸 날
어때요, 정말로 멋지지 않습니까?

태중에서 생명 활동은 시작했지만
모습을 드러내기까지
온갖 어려움을 이겨내고
엄마와 아기가 줄탁동시로
첫 울음을 터뜨린 그런 날인데요

아! 멋집니다
아! 참으로 기쁩니다
세상에서의 생명 활동을 시작한
생일을 맞이한 이들이여
아름다운 인연의 모임이여
바로 이 순간을 마음껏 축하합니다

내려놓은 채로 있으라 - 放下着

중국 선종의 대가였던
차오저우趙州(779~897)에게
제자 이옌양嚴陽이 물었다
"한 물건도 가져오지 않았을 때는
 어찌해야 하겠는지요?"
차오저우 스님께서 말씀하셨다
"놓아버려라."
이옌양 스님이 대꾸하였다
"아무것도 가져오지 않았는데
 뭘 내려놓으라 말씀하십니까?"
차오저우 스님이 다시 이르셨다
"그래, 그러면 되가지고 가거라"
스승의 말이 떨어지기 무섭게
제자가 그 자리에서 크게 깨달았다

부처님께서 머무시는 도량에
까무잡잡한 바라문이 찾아왔다
그는 부처님께 공양을 올린 뒤에
한마디를 듣기 위해 서 있었다
부처님께서 말씀하셨다
“바라문이여, 가진 걸 내려놓아라”
바라문이 손에 든 것을 내려놓자
부처님께서 말씀하셨다
“다른 손에 든 것도 내려놓아라”
바라문의 다른 손은 비어있었다
까무잡잡한 바라문이 답했다
“세존이시여, 다른 손은 비었는데
무엇을 더 내려놓으라 하십니까?”
부처님께서 말씀하셨다
“그대는 비록 빈손이라지만 아직
갖고 있는 것이 많이 있느니라”
까무잡잡한 피부의 바라문은
무엇을 더 갖고 있다 하시는지
어리둥절해 있다가 그냥 돌아갔다

욕망은 눈에 보이지 않는다
망상도 집착도 전혀 보이지 않고
시기와 질투 미움과 원망도
팔만사천 번뇌도 보이지 않는다
육안으로 보이지 않는 게
어찌 다만 이들뿐이겠는가

허공을 가득 채우고 있는
산소도 질소도 원자도 보이지 않고
전자도 햇빛도 어둠도 보이지 않고
흙 물 불 바람 분자도 보이지 않는다
보이지 않는다고 없는 게 아니다

프앙져放着 놓아버려라
쌰져下着 내려놓아라
프앙쌰져放下着 계속 내려놓아라
내려놓은 채로 있으라 프앙쌰져

내 클린스킨clean skin은

아득하온 과거부터

저질러온 모든악업

크든작든 그원인은

탐진치로 말미암아

몸과입과 마음따라

무명으로 지었기에

저희지금 모든죄장

참회하고 비나이다

동봉 옮긴《우리말법요집》15쪽

아석소조제악업 我昔所造諸惡業

개유무시탐진치 皆由無始貪嗔痴

종신구의지소생 從身口意之所生

일체아금개참회 一切我今皆懺悔

본디 깨끗한 사람이 있을까요
지금은 순수 무구하겠지만
만에 하나 전생을 알고 있다면
과연 티 없이 맑고 깨끗할까요
그래서 불교에서는
참회를 가르칠 것입니다

내 몸 가려진 곳에
커다란 화상 흉터가 있습니다
1953년 12월 27일
음력으로는 동짓달 스무이튿날
그해 들어 가장 추울 때였답니다

저녁 먹고 조금 지났을 무렵
통증은 시작되었고
당시 열세 살이었던 큰형님은
우물돌을 엎어 놓기 위해
천 자는 족히 되는 우물을 향해
달음박질을 했더랬습니다

어린 나이에
집과 우물 사이를 뛰어다니기
여러 차례 이어졌고
마침내 헛간에서 도끼를 집어 들고
한달음에 우물로 달려가
울면서 소리를 지르면서
우물돌을 두드리기 시작했지요

형님에게 주어진
미션이 끝나갈 무렵이었습니다
어머니는 호흡에 온 힘을 주셨고
선사의 할보다 더 큰
어머니의 사자후가 있은 뒤
저는 첫울음을 터뜨렸습니다

갓 태어나자마자
제 고모님이 산모와 아기를 위해
엄청난 양의 장작불을 지폈고
방바닥은 타올랐으며
제 엉덩이는 부풀어 올랐습니다

클린스킨clean skin은
내게는 어려웠던가 봅니다
전생의 전생의
그 전생의 죄업들이 쌓여
아으, 낙인으로 찍혔을 것입니다

그러나
고마우신 고모님
살아계셨다면 백수가 되실
고모님 그 은혜 잊지 않겠습니다

당신에게 꽃씨를 뿌립니다

꽃씨를 뿌립니다
희유希有의 꽃씨를 뿌립니다
그러니 희유하신 그대여
당신의 가슴에서 싹을 틔우십시오

꽃씨를 뿌립니다
세존世尊의 꽃씨를 뿌립니다
그러니 세존이신 그대여
당신의 가슴에서 싹을 틔우십시오

꽃씨를 뿌립니다
여래如來의 꽃씨를 뿌립니다
그러니 여래이신 그대여
당신의 가슴에서 싹을 틔우십시오

꽃씨를 뿌립니다
선호념善護念의 꽃씨를 뿌립니다
그러니 그대의 선호념으로
당신의 가슴에서 싹을 틔우십시오

꽃씨를 뿌립니다
선부촉善付囑의 꽃씨를 뿌립니다
그러니 그대의 선부촉으로
당신의 가슴에서 싹을 틔우십시오

꽃씨를 뿌립니다
보살菩薩의 꽃씨를 뿌립니다
그러니 보살이신 그대여
당신의 가슴에서 싹을 틔우십시오

당신을 통해 선남선녀를 구별하고
아뇩다라삼먁삼보리심을 배우고
당신에게서 마땅히 어찌 살 것이며
어떻게 그 마음을 항복할 것인지를
배우고 배우고 또 배울 것입니다

착한 당신이시여
선재善哉이신 당신이시여
당신의 가슴에 꽃씨를 뿌립니다
불언佛言의 꽃씨를 뿌리고
유연唯然의 꽃씨를 뿌리오니
당신의 가슴에서
부처님의 말씀을 싹틔우시고
수보리의 간절함을 싹틔우십시오

당신의 가슴에서

마땅히 이렇게 생활하고

이렇게 마음 항복 받는 법을

바르게 알도록 가르쳐 주십시오

나는 당신의 가슴에

사랑의 꽃씨를 뿌리고

반야般若의 꽃씨를 뿌리고

여유와 행복의 꽃씨를 뿌립니다

그러니 자랑스런 그대여

당신의 가슴에서 싹을 틔우십시오

연꽃 당신

연꽃 당신
당신은 연씨를 닮으셨어요
당신이 마음을 열어 준
내가 아니고서는
그 단단한 껍질 속에서
당신을 꺼내줄 수 있는 이가
세상 어디에도 없는 까닭입니다

연꽃 당신
당신은 연뿌리를 닮으셨어요
아름다운 연꽃을 피워내면서도
수면 아래 자신을 감추고
좀체 모습을 드러내지 않습니다

연꽃 당신

당신은 연잎을 닮으셨어요

어여쁜 연꽃 빛깔을 유지하고자

초록 잎새를 수면에 펼치고

따사로운 햇빛과 물과

이산화탄소를 듬뿍 받아들여

광합성작용을 멈추지 않으면서도

결코 뽐내는 일이 없으세요

연꽃 당신

당신은 연꽃 그 자체시니

까닭이 없지 아니합니다

우아함이 당신의 모습이지요

연꽃의 향기이시니

시종일향, 한결같으시니까요

연꽃의 맛이시니

다섯 가지 맛을 지니셨습니다

연꽃 당신
연꽃이 쏟아내는 언어를
들어본 적이 아직 없으시다고요
나는 당신의 언어에 길들었고
당신의 말소리에 흠뻑 취했습니다

연꽃 당신
연꽃의 보드라움이
어쩌면 당신의 피부일 듯 싶습니다
난 당신을 만져본 적이 없어요
이 세상 모든 것들에게
당신을 통째 내놓으면서도
내겐 허락하지 않는 까닭입니다
당신의 사랑방정식이니까요

나는 바람이고 싶습니다
당신을 스칠 수 있으니까요
나는 햇살이고 싶습니다
당신의 피부를 만질테니까요
나는 물이고 싶습니다
당신의 몸속을 흐를 수 있으니까요

잠자리이고 싶고
벌이고 나비이고 싶고
가녀린 빗줄기이고 싶고
연못가에 내려 앉는 안개이고 싶고
심지어 당신을 어둠으로부터
밤새 지켜주는 어둠이고 싶습니다
당신의 손길이 닿으니까요

아아!

나도 연꽃이고 싶습니다

당신의 사랑을 사랑합니다

연꽃 당신

당신의

사랑방정식을 난 좋아하여요

당신이 연꽃이시니

당신을 떠나

어떤 연꽃을 찾을 수 있을런지요

무분별에서 분별에로

단 한 생각도
일어나지 않는 시간입니다
구죽죽 구죽죽 내리는
빗소리조차 들리지 않습니다
어둠이 진행되고 있지만
밝기조차도 들어오지 않습니다
무엇을 일컬어 좋다고 할지
나쁘다는 것은 무엇인지
생각조차 없는 시간입니다

새벽 2시에 일어나
이부자리도 개지 않은 상태에서
침대 모서리에 걸터앉아
선정에 들어 있습니다
교통사고 이후 나는
가부좌를 틀고 앉는 게 힘듭니다
특히 결가부좌는 그렇습니다

열아홉 번 울리는
인터넷 전화 알람 소리에
문득 3시 반인 줄 알았을 뿐
다시 선정에 들어갑니다
새벽 예불 시간이
나를 분별심으로 인도합니다

아름답다는 것은
추하다는 것은
어디에서 머물다가
이토록 고개를 내미는 것인가요
다시 일상의 내가 되어갑니다

사람의 본성이
본디 고요한 것이 아니라
본디 복잡한 것인데
시공간의 상황에 따라
고요해졌다가

본래의 복잡함으로
돌아가는 것일 겁니다

아으! 분별의 시작입니다
이제 정말 살아있음을 느낍니다
무분별에서 분별에로 나아감은
그래서 또한 가치 있는 것입니다

요즘 내게는
새로운 분별이 생겼지 뭡니까
사랑, 사랑이라 할 것입니다
좋음과 나쁨
아름다움과 추함
고요에서 분별의 일상으로
돌아가는 나를 나는 축복합니다

잠이 오지 않으신다면

임이여!
잠이 오지 않으신다면
기다리지 마시고
그 잠 내게로 보내시지 그랬어요
고운 임을 사랑할 줄 모르는
그 데면데면함을
아주 노골노골하게 만든 뒤
다시금 임에게 보내드릴 것이니

임이여!
만일 귀찮게 구는 잠이 있다면
그 녀석도 내게 바로 보내요
임에 대한 사랑과 집착을
나는 양보할 수 없기 때문이에요

임이여!

당신에게 고백하는 망상이 있으면

그도 내게 바로 보내요

다시는 망상으로

임을 번거롭히는 일 없게 하리니

당신은 바야흐로

라일락 향기처럼 진하면서도

백합의 빛깔처럼 순수할 테니까

임이여!

피곤하시지요?

이는 나로 인한 게 아니고

내게서 당신을 떼어 놓으려는

저 심술궂은 망상 때문이에요

임이여! 나는
당신이 기다리는 잠을 사랑하고
임이여! 나는
당신에게 치근대는 잠도 사랑하고
임이여! 나는
당신을 가로채려는
숱한 망상들도 다 사랑하여요
그 망상들에서는
당신의 체취가 느껴지는 까닭에요
당신의 마음까지 알고 있으니까요

임이여! 나는
세세생생
생생세세
임 곁으로 임 곁으로만 돌 겁니다

세상은 당신이 있어

세상은 태양이 있어
밝은 게 아니라
당신의 웃음이 있어 밝은 겁니다

세상은 꽃이 있어
화사한 게 아니라
당신의 미소가 있어 화사한 겁니다

세상은 부처님이 계셔서
자비한 게 아니라
당신의 사랑이 있어 자비롭습니다

세상은 하느님이 계셔서
존재하는 게 아니라
당신이 존재하기에 있는 것입니다

아!

나는

알았습니다

세상은

당신에 의해 생겨나고

당신에 의해 유지되고

당신에 의해 가꾸어지고

당신이 없으면 없어질 거라는 것을

자나 깨나 관세음보살

아침에도 오로지 관세음보살
저녁에도 오로지 관세음보살
안에서도 오로지 관세음보살
밖에서도 오로지 관세음보살

다닐때도 오로지 관세음보살
머물때도 오로지 관세음보살
앉아서도 오로지 관세음보살
누워서도 오로지 관세음보살

말할때도 오로지 관세음보살
묵언때도 오로지 관세음보살
움직일때 오로지 관세음보살
고요할때 오로지 관세음보살

참선할때 오로지 관세음보살
방선할때 오로지 관세음보살
포행할때 오로지 관세음보살
쉴때에도 오로지 관세음보살

밥먹을때 오로지 관세음보살
배설할때 오로지 관세음보살
마실때도 오로지 관세음보살
눌때에도 오로지 관세음보살

너도다만 오로지 관세음보살
나도다만 오로지 관세음보살
우리모두 오로지 관세음보살
승속남녀 오로지 관세음보살

남편또한 오로지 관세음보살
아내또한 오로지 관세음보살
국내서도 오로지 관세음보살
해외서도 오로지 관세음보살

자나깨나 오로지 관세음보살
오나가나 오로지 관세음보살
아이들도 오로지 관세음보살
어르신도 오로지 관세음보살

달이여, 달님이시여!

아으, 달님이시여!
당신은 저의 생명이십니다
저의 어머니이고
저의 아버지시며
멋진 친구이고
사랑스런 나의 연인입니다

아으, 달님이시여!
당신이 없었다면 얼마나 쓸쓸할까요
나는 당신이 없는 세상을
한 번도 단 한 번도
마음에 담아본 적이 없습니다
당신이 없었다면
우선 열두 개의 달이 없었겠지요

정월이라 정겨웁게 좋은 달

이월이라 이래저래 좋은 달

삼월이라 삼천세계 좋은 달

사월이라 사랑스레 좋은 달

오월이라 오래도록 좋은 달

유월이라 유난히도 좋은 달

칠월이라 치렁치렁 좋은 달

팔월이라 팔만사천 좋은 달

구월이라 구비구비 좋은 달

시월이라 시나브로 좋은 달

동짓달은 동그마니 좋은 달

섣달이라 설레이게 좋은 달

아으, 달님이시여!

이렇게나 좋은 달이

하나도 아니고 모두 없다 생각하면

얼마나 서글프고 맥이 빠지는지요

달님이시여!

정월 대보름

그 추운 겨울밤

당신이 내려다보는 장독대 한 녘

금방이라도 얼어버릴

정화수 한 사발 올려 놓고

언 손 굳을세라

열심히도 비비시던 어머니는

참으로 당신의 소중함을 아셨습니다

결코 어느 배운 양반들이
미신이라고 하거나 말거나
당신 없이는 본인도 없고
기둥처럼 의지하는 바깥양반도
사랑하는 아들딸도
죄다 없었을 거라는 것을 아셨습니다

아으, 달님이시여!
당신이 없으면
우선 열두 달이 없는 것은 접어 두고
인력이 작용하지 않을 것이니
바다가 움직이지 않을 것입니다
바닷물이 움직이지 않으면
산소가 공급되지 않고
산소가 공급되지 않으면
바닷속 생명이 살 수 있겠습니까

아으, 달님이시여!

당신이 없으면 어떠한 생명도

배란기를 갖지 않을 것입니다

내 어머니도

장씨 댁 세 여인張三도

이씨 댁 네 여인李四도

당신이 끄는 힘에 이끌리어

장미보다 더 예쁜 달꽃을 피워 내고

이 땅을 지키고 가꾸어 온

뭇 사람들을 낳고 또 기르셨지요

아으, 달님이시여!

개미도

잠자리도

물방개

소금쟁이도

오는 가을에

국화꽃을 피워 내려고

봄부터 울어대는

저 소쩍새 울음마저도

당신이 있기에 가능합니다

아으, 달님이시여!

이 땅의 시인묵객詩人墨客들에게

삶의 움직임情動을 알게 하시고

삶이 과연 무엇인가를

노래하게 하시고

차와 술을 알고

멋과 흥취를 알고

사랑이 무엇인가를 알게 하셨습니다

아으, 달님이시여!

오곡백과五穀百果가 무르익으면

달님이시여 당신이 오시는 밤

마당에

봉당에

뒤란 대숲에

감나무 가지 끝에

대청마루 끝자락에

환한 미소 머금은 당신을 초대하고

당신의 모습 빼어 닮은

예쁜 송편月餠을 만들어서

당신 모습 닮은

동근 접시에 살포시 담아

조상님께 차와 함께 올리옵니다

아으, 달님이시여!

당신이 없었다면 물이 없었을 터

물이 없었다면

풀도 나무도 없고

풀과 나무와 물이 없다면

제아무리 햇빛이 비춘다고 하더라도

광합성작용光合成作用은

그야말로 물 건너갔을 것입니다

산소Oxygen가 만들어지지 않는데

오곡은 어이 생기며

백과는 어떻게 익어갈 수 있겠는지요

그리하여

한가위란

조상님에게 감사함이며

달님이시여

당신에게 감사함입니다

한가위는 되돌림입니다

당신에게서 받은 그늘 덕陰德을

그늘진 곳을 밝히는

당신의 그 아름다운 뜻대로

모두가 함께 나누는 축제입니다

아으, 달님이시여!
당신은 나의 어머니이고
당신은 나의 아버지시며
나의 소중한 벗이고
나의 사랑하는 연인입니다

아으, 달님이시여!
나를 싣고 생명의 세계로
생명과 생명이
서로 손짓하는 나라로
아으, 나를 싣고 가시는 이여
당신은 나의 생명 그 자체이십니다

바람아 햇살아 그냥 가거라

바람아

내게 머물려 하느냐

나는 곧 그물이거니

바람아

햇살아

나를 비추려 하느냐

너는 내가 보이더냐

햇살아

소리야

네게는 매질이 필요하지

내게는 매질이란 게 없다

소리야

나는

눈을 가졌으나

아무것도 보이지 않고

귀를 가졌으나

아무것도 들리지 않는다

나는

어떤 빛깔도

어떤 소리도

어떤 모습도

지니지 못한 존재였구나

바람아

햇살아

불고 있느냐

비추고 있느냐

내게

머물려 하지 말고

마냥 스쳐 가거라

나는

너희들에게는

관심이 없다

내 마음 가는 데는

이 세상에서 단 한 곳

바람아 햇살아 그냥 가거라

까무룩

아침잠에 든다

시간이 외로웠습니다

하이얀 달밤
맑고 잔잔한 호수에
달이 놀러와 얼굴을 씻고 가고
별들이 떼로 내려와
이야기보따리 풀어놓고 갑니다

개구리도 첨벙
소금쟁이도 살폿
물방개도
사록사록 놀다 갑니다

옆에서 지켜보던 시간이
호수에게
말 한마디 조용히 건네봅니다

"호수야 호수야!
난 어느 시간에 놀러 올까?"

호수는 말이 없습니다
호수에는
모습을 가진 자만이
올 수 있었는데
시간에겐 모습이란 게 없었거든요

시간이 외로웠습니다
모습이 없다는 게
아쉬웠지만
그에게는
그럴 힘이 없었습니다

그는
호수가
모습이 없는 그의 말을
알아듣지 못한다는 것을
전혀 눈치채지 못했습니다

시간은 깨달았습니다
그에게는
보채고
채근할 권리가
어디에도 없다는 것을 말입니다

그러나
그는 또 깨달았습니다
그가 없이는
호수도
호수를 사랑하는 달과 별과
개구리 소금쟁이
물방개까지도
결코 존재할 수 없다는 것을요
그래서 시간은
콧노래를 흥얼거렸습니다
아으! 아으!
저도 모르게 춤을 춥니다

뭔가에 이끌린 듯

시간이 가볍게 몸을 흔듭니다

호수가 비로소 느낍니다

자기 옆에

누군가가 함께 있다는 것을

그래서 호수도

춤을 춥니다

하이얀 비늘의

비단옷을 사붓거리며

자즈락자즈락 흔들어댑니다

시간은 행복에 겹습니다

혼자 외로워했고

혼자 서러웠던 게

호수 때문이 아니라는 것을 압니다

달도 별도 받아 주고
개구리도 소금쟁이도 물방개도
다 받아주는 호수
자신이 없으면
안 된다는 걸 아는 까닭입니다

호수에게
품었던 서운한 감정을
훌훌 벗어 던지는 시간

호수는
달빛을 받으며
별들과 얘기하면서
분홍 빛깔 연꽃을
쑴북 쑴북 쑴쑴북 피워냅니다

목소리에 취해

관음보살의 모습은
보이지 않는다
묘음보살의
목소리가 살며시 다가온다

일요일의
아침 햇살이 곱다
아침 다실에 앉아
커피를 끓인다
아으, 향기가 제법이다

창문을 여니
언제 가을이었나
바람의 결이
시원하다 못해 차다
그래도 난 이 계절이 좋다

뜨락에 소담스레 핀
구절초
하얀 꽃잎이
내 그토록 보고픈
관음보살이었구나

오늘은
묘음보살의
목소리에 취해
아침잠에서 슬며시 깨어난다

아으!
아침 햇살이
이리도 화사하였던가

나와 우주 그리고 신

우리는 생각의 깊이를 떠나
이런 질문을 곧잘 하곤 합니다

"나는 어디에서 왔는가?
Where did I come from?"

이 문제를 속 시원히 풀 수 있다면
나는 장차 어디로 갈 것인가를
보다 분명히 알 수 있을 것입니다
그런데 어디에서 왔는지 모르니
갈 곳 모르는 건 당연하겠지요
그래서 질문의 방향을 바꿉니다

"우주는 어디에서 왔는가?
Where did the universe
come from?"

이 말은 인도의 고대 철학 문헌
4베다 중 리그베다Rig-Veda에
실려 있는 글입니다.
"우주는 어디에서 왔는가?"
참 어려운 질문이고
그에 대한 대답도 쉽진 않겠지요
그래서 또 이렇게 묻습니다

"신神은 어디에서 온 거야?
Where did God com from?"

나와 우주와 신이
도대체 어떤 관계이기에
나와 우주에 이어
신의 소종래所從來를 물을까요

내가 어디서 왔는지도 모르면서
우주의 소종래(起原)를 묻고
우주의 소종래도 모르면서
신의 소종래를 묻고 있습니다
어쩌면 삼위일체라는 것이
기독교적 성부 성자 성신이 아닌
나와 신과 우주의 관계는 아닐지

어찌하여 그동안 우리는
이 문제를 놓치고 살았을까요
신이 우주이면서 나이고
우주가 나이면서 신이고
내가 곧 신이면서 우주임을요

불교에서는 말합니다
"우선 깨달으라
 그대가 부처고
 내 자신이 부처고
 우리가 부처고
 모든 생명이 부처다"라고
다른 말로 신이라는 거겠지요

우리는 자성불을 팽개치고
중생 놀음으로 살아가고 있지요
문득 폴 고갱(1848~1903)의
작품 한 점이 뇌리를 스칩니다
타이티 언덕에서 그린 그림 한 점
보통 '나는 누구인가'로 알고 있죠
고갱의 삶과 철학이 담긴
세 가지 주제의 독특한 명화

"우리는 어디서 왔으며
 우리는 누구이며
 우리는 어디로 가고 있는가?"

영국의 극작가 서머셋 몸이
그의 《달과 6 팬스》에서 내세운
주인공 스트릭 랜드가
다름 아닌 폴 고갱이었다면서요?

제4부

하나 하고 절반의 인생

하나 하고 절반의 인생

내 인생은
한 조각 반의 빵이려니
덤으로
배추 물김치
한 종지면 넉넉하지

내 인생은
한 줌 반의 햇살이려니
가까운 산
비둘기 소리가
장히 좋은 길벗이지

내 인생은

하나 하고 절반이려니

머리 하나는

하늘 속에 두었는데

다리 둘은

땅에도 제대로 못 서 있으니

아으!

하나 하고 절반의

내 인생

다람쥐의 사랑은

지구가

저 혼자

한 바퀴 핑그르르 돌아

어제 그 위치에서

밝은 햇살을 맞이하네요

사랑하는 사람 앞에서

재롱을 부리는

어릿광대를 이해할 만합니다

붉은 태양을

흠모하는 정 하나로

지난해

바로 그 자리를 지나며

동료들과 손을 맞잡은 지구

깊은 눈으로 태양을 바라봅니다

이 지구의 사랑이

오로지 태양 하나였나 봅니다

태양을 두고
수성 금성 화성 목성 토성
천왕성 해왕성과
그리고 달을
사랑할 수는 아마 없었나 봐요

쳇바퀴를 굴리는
다람쥐는
누구에게 관심을 표현하나요
제 동료인가요
사람(=산 삶 사랑과 같은 어근)인가요

칠월의 첫날
화요일
화사하게 웃는 날입니다
우리 좀 더 화사해지자구요

다반향초茶半香初

01. 다茶

어느 때는 풀이었고

어느 때는 나무였고

어느 때는 사람이었지요

그렇게 갈마듦은 시작되었습니다

그러다가

풀과 나무가

하나로 어우러지면서

차茶가 되고 자연이 되었지만

대자연은 될 수 없었지요

그러던 중

뭇 생명이 함께하고

사람이 깃들면서

바야흐로

대자연이라 이름할 수 있었습니다

02. 반半

흙地과 물水과 불火과 바람風이

한데 어우러져

춤추고 노래하다

도공의 손에서 그릇이 되었습니다

아, 이 고운 자태여!

수줍음을 머금고 자란 연꽃입니다

절반은 반야般若 행자

절반은 바라밀波羅蜜 보살

둘은 마침내 하나가 되어

부처님의 인연을 찬미하였습니다

03. 향香

온 누리가

강이고 들이고 바다고 산입니다

오곡五穀과 백과百果가

넉넉하게 햇살을 받아

마음껏 익어가는데

메뚜기와 고추잠자리가

향기를 물어와 나락에게 주었지요

이 세상에서 가장 좋은 향은

등 따습고 배부름입니다

오, 다반향초의 향이여,

온갖 부정不淨을 깨끗하게 하소서

04. 초初

아무리

오랜 시간이 흐른다 해도

부처님이 맺어주신 소중한 만남은

언제나 처음이지요

생명의 옷을

고이고이 마름질하고

한 땀 한 땀 정성을 기울여

금강반야金剛般若의 말씀으로

환희歡喜의 옷을 짓습니다

그리하여

사랑하는 님에게 드리는 마음은

언제나 그렇게 첫 마음입니다

05. 다반향초

차茶는 벌써 반이나 마셨는데
향기는 아직 처음 그대로이듯
당신과 나의 만남은
무한無限 시간을 따라
이처럼 생을 거듭해 왔는데
우리 마음의 시간은
언제나 처음 그대로입니다
아! 영겁永劫에 이르도록
서로 사랑하리라
다반향초
다반향초
다반향초!
나와 당신의 다반향초여!

곳더위 끝자락에 서서

선선한 바람에 섞여
포도시
이름 석 자 남기려는 곳더위
안쓰럽게 느껴지는가

너도 아직은
이승이 좋더냐
내년 여름이면 또 오지 않으련

곳더위處暑
너는 이맘때
새로 맞는 절후가 아닌
애더위小暑
큰더위大暑 다 떠난 뒤
마지막으로 곳곳에
흔적이라도 남기려는 설거지 절후
곳 더위處暑가 아닌
곳 삶處棲이로구나

곳더위야

이왕 늦게 떠나는 거

우리

오늘 밤

시간 내어

곳에 따라 더운

곳 더위處暑 아닌

살가운 정 담뿍 지닌

아내 더위妻暑로서

찐하게 한 잔 하자꾸나

내년에

네가 올지

다른 어떤 쓸쓸한 더위凄暑가 올지

내년 이맘때

다시 와서

네가 나를 못 알아보더라도

안타깝다고 울지는 않기로 하자

내 흰 수염이

더 하얘지고

주름 몇 개쯤 더 늘더라도

다른 이 아닌 네가

올해와 다른 모습이면

나도 너 못 알아보겠지만

우리

오늘을

그리움으로 남긴 채

더 이상 섭섭해 울지 않기로 하자

슬픈 더위悽暑야

내가 없는데 내 것 있으랴

이 세상에
나는 존재하지 않았다
내가 존재하지 않으니
내 소유가 없다

연꽃은
연못에서 피는 꽃이니
연못이 꽃의 주인이고

벚꽃은
산에서 들에서 피니
산과 들이 주인이지

나는 연꽃에
말을 걸 힘이 없고
나는 벚꽃에
손을 내밀 힘이 없구나

그래서 난 행복합니다

내게는

언제부터인가

만났다가 헤어지면

싸~하게

가슴을 후벼파듯

아픔을 느끼는

그런 사람이 생겼습니다

돌아서면

눈 가장자리에

눈물을 만들어 주는

그런 사람이 생겼습니다

그가

보고플 때면

동아프리카 탄자니아의

향긋하기로 소문난

음베야 커피

두 잔 에스프레소로 내려서

마주 앉았다 하곤

번갈아 가며 마십니다

그가

그리울 때면

비탈진 마당 한구석

모양새라고는 아예 보잘것없는

마루바위에 걸터앉아

"네가 그립다"고

허공에 써넣습니다

때로는

왜 그런지 알 수 없는

속상한 마음이 드는 때도 있지만

두 손 가슴에 대고

"괜찮아~"하고

위로하곤 합니다

그래도

보고픈 그가 있어서

오늘도 나는 매우 행복하고

그리운 그가 있어서

오늘도 나는 참으로 행복하답니다

이 어둠 버려두고

이 어둠
버려두고
밝아질 수 있을까

이 번뇌
팽개치고
깨달을 수 있을까

이 시간
접어 놓고
영원일 수 있을까

이 세상
싫어하며
극락일 수 있을까

어즈버

나를 떠나

사랑일 수 있을까

어둠이 있어서 참 좋다

아, 그렇구나!

새벽이 오고

아침이 오고

밝음이 오고

어둠이 가고 etc.,

아으,

밤이 없었다면

빛이 직진성뿐만이 아니고

만에 하나

굴절성까지 갖고 있었더라면

우리는 어떻게 쉴까

생각만 해도

참 고맙구나

약사여래부처님이 계시는

동방만월세계는

유리로 되어있다니

와우! 와우!
잠도 제대로 못 잘것 같구먼

지구가 유리가 아니고
크리스털이 아니고
암석이고
흙인 게
얼마나 다행인지 모르겠구먼

늘그막에 와서
곰곰이 되돌아보니
게으른 비구인
내게는
어둠이
하루의 절반이어서 좋다

어둠이 있으니
쉴 수 있잖아
어둠이여
네가 있어서 참 고맙다

싸락눈小雪이 아니네

오늘은 싸락눈小雪이라
싸락눈이 와야 하는데
하늘이 절기를 잊었는가보다
사랑을 하면
더욱 총명해진다는데
절기가 사랑을 잊었는가보다
사랑을 하면
인연의 줄을 곱들인다는데
사랑이 인연을 잊었을까
인연이 사랑을 잊었을까

싸락눈이 아니고
구죽죽 구죽죽 비가 내린다

보름 뒤에는 함박눈大雪인데

그때도 하늘은

사랑 노래를

구죽죽 구죽죽이려나

그래도 12월 7일에는

함박눈大雪이니

인연의 줄을 곱들이고

사랑꽃을 함박눈으로 피우며 오겠지

세상은 거꾸로라도

절기는 거꾸로 가지 말아야 하는데

나부터 맑아지기를

열반涅槃의
네 가지 덕德이

常영원함이며
樂즐거움이며
我정체성이며
淨깨끗함인데

그런데 이를
달리 해석할 수도 있습니다

常언제나
樂즐길지니
我나부터
淨맑아지기를

눈발雪이 날리는 날

눈발이 날리는 줄 알았더니
나뭇가지가 솟구칩니다
눈발이 쏟아지는 줄 알았더니
석탑이 눈발 사이를 뚫고
아르륵 아르륵 하늘로 솟아오릅니다

세상의 온갖 욕망은
우리절 관음전 뜨락
오층석탑에 하얗게 뿌려 놓고
눈발 사이를 헤집고
중생들 원을 실은 채
먼 하늘로 솟구쳐 오릅니다

눈雪은
빗물雨이 되고
빗자루彗가 되어
하얗게 하얗게 씻고 말끔히 쓸어 갑니다

시간의 발자국이 저리 깊은데

새벽 예불 오르기 전
2층 다실에서 내려다본 현관
아무도 밟고 간 흔적이
흔적이 없는 줄 알았더니
소쩍새 소리가 지나가고
먹구름과 함께
천둥소리가 놀다 가고
빨갛고 노란 단풍이 머물다 가고

까르르 아이들의 웃음이
생긋 웃는 아기 표정이
허리보다 낮은 할머니 목소리
택배 아저씨 고함도 깃들어 있네

아으!

시간의 발자국이 저리 깊은데

난 새벽예불 오르기 전

지나간 시간

머무르는 시간

타박타박 다가오는 시간을

생각에 담고 카메라로 적는다

나의 오도송悟道頌

심혜재하방 心兮在何方
고래멱부득 古來覓不得
아금불가설 我今不可說
역시과부득 亦是過不得

일념대비주 一念大悲咒
심월투대천 心月透大千
석양괘치악 夕陽掛稚岳
용수정이동 龍水靜以動

마음이 어디에 있는가
아직 아무도 찾은 이 없네
내 이제 표현할 수 없음을
그대여 허물치 마오

한 생각 대비주를 염하다가
문득 마음달이 누리를 비추니
석양은 치악산에 걸려 있고
구룡폭포는 멈추었다 흐르네

전법게와 전법의 증표

正休丈室東峰

동봉대청풍 東峰對淸風
서강함명월 西江函明月
막문수시주 莫問誰是主
자고영무객 自古永無客

己未三月五日
於曺溪宗正室 古庵

정휴장실 동봉에게

동봉은 싱그러운 바람을 띄었고
서강은 밝은 달을 머금었도다
누가 이들의 주인인지 묻지 마라
자고로 영원토록 객이 없느니라

기미(1979)3월5일
조계종정실에서 고암

사진의 단주는 당시 대한불교조계종 종정이셨던
은법사 고암대종사께서 전법게와 함께 주신 것입니다

동봉 스님 두 번째 시집

시간의 발자국이 저리 깊은데

초판발행일	2021년 11월 22일
시인	동봉 스님
펴낸곳	도서출판 도반
펴낸이	김광호
편집	김광호, 최명숙, 이상미
대표전화	031-465-1285
이메일	dobanbooks@naver.com
홈페이지	http://dobanbooks.co.kr
주소	경기도 안양시 만안구 안양로 332번길 32